AF290329

Analyse d'œuvre

Rédigé par Claude Le Manchec

Sous la direction de Karine Vallet

Des souris et des hommes

de John Steinbeck

JOHN STEINBECK

- Né en 1902 à Salinas (Californie, États-Unis)
- Mort en 1968 à New York (États-Unis)
- **Quelques-unes de ses œuvres :**
  - *Tortilla Flat* (roman, 1935)
  - *Les Raisins de la colère* (roman, 1939)
  - *À l'est d'Éden* (roman, 1952)

John Steinbeck s'est toujours gardé d'écrire des romans à thèse développant une idéologie et des théories qui lui seraient étrangères. Il est plutôt un grand conteur, qui puise sa matière romanesque dans sa propre expérience et ses observations de la réalité sociale. L'auteur connaît bien, en effet, les milieux qu'il décrit. Il a lui-même travaillé parmi ces êtres démunis et ballottés par les événements qu'il campe dans ses ouvrages, d'où le réalisme de ses dialogues et de ses descriptions. Le décor est planté, la plupart du temps, en quelques mots évocateurs d'une nature grandiose, mais souvent capricieuse et hostile à l'homme : le travail de la terre est soumis aux aléas climatiques, la sécheresse empêche les semences de germer, le vent érode la terre et les récoltes sont aléatoires.

Si Steinbeck donne la parole aux laissés-pour-compte qui peinent à trouver leur place dans une société américaine où l'avènement du capitalisme et la crise des années 1930 semblent les avoir abandonnés au bord de la route, ses œuvres ouvrent également sur des sujets universels, tels que la dichotomie ou la frontière entre le bien et le mal, dans *À l'est d'Éden* par exemple, ou bien le patriotisme et la résistance au totalitarisme dans le roman *Lune noire*, publié clandestinement en France en 1942.

Ce qui est certain, c'est que, depuis ses débuts et jusqu'à son grand chef-d'œuvre, *Les Raisins de la colère*, et même au-delà, Steinbeck est le créateur de personnages emblématiques malgré leur simplicité. En lutte avec des forces – sociales, économiques et idéologiques – qui les dépassent, la plupart des héros de ses romans éveillent une sympathie immédiate, tant leur combat pour une place dans la société s'impose à nous comme un drame universel et intemporel.

Malgré tout, le romancier transmet l'espoir qu'un monde plus juste et plus fraternel peut, quelquefois, émerger du chaos : « J'ai foi en l'individu, et je me battrai pour défendre le droit qui est le sien d'agir en tant qu'individu, sans subir de pression d'où que ce soit. La véritable révolte est là. » (STEINBECK (John), *Un Artiste engagé*, Paris, Gallimard, 2003, p. 72)

DES SOURIS ET DES HOMMES

- **Genre** : roman
- **1ʳᵉ édition :** 1937
- **Édition de référence :** *Des souris et des hommes*, Paris, Gallimard, coll. « Folio », 1972.
- **Personnages principaux :**
  - Lennie Small, ouvrier agricole à la force herculéenne et simple d'esprit ;
  - George Milton, ouvrier agricole, ami et mentor de Lennie ;
  - Curley, fils du patron de la ferme, belliqueux et susceptible ;
  - la femme de Curley, un être rêvant d'une autre vie, objet de la jalousie de son mari ;
  - Candy, vieil employé de la ferme qui offrira un chiot à Lennie ;
  - Crooks, palefrenier de la ferme, homme de couleur victime de racisme et mis au ban de la société.

- **Thématiques principales :** le travail, l'amitié, la solidarité, la vie des journaliers agricoles, le racisme.

L'œuvre complète de John Steinbeck a connu un très grand succès auprès d'un large public, d'abord aux États-Unis, puis à travers le monde entier. Couronnée par le prix Nobel en 1962 et portée par le cinéma qui a largement contribué à sa notoriété, elle est devenue populaire en abordant de grands thèmes de société, sans complaisance ni mièvrerie.

Des souris et des hommes, dont le titre original est *Of Mice and Men*, ne fait pas exception à la règle. Histoire émouvante d'une amitié indéfectible entre deux êtres que tout oppose, composée comme une tragédie en six actes, ce roman tourne exclusivement autour des deux compagnons que sont Lennie et George, si soudés par leur rêve d'autarcie et la simplicité de leurs ambitions que tous les autres personnages ne font que graviter autour d'eux, sans jamais réellement parvenir à entrer dans leur univers.

Si Steinbeck montre, comme dans presque tous ses livres, comment les rêves du peuple américain peuvent se briser sur les écueils de la dure réalité économique, il ajoute ici un obstacle supplémentaire, celui d'une justice guidée par les préjugés et la haine, qui scellera la destinée des deux amis.

Des souris et des hommes, comme nombre d'œuvres de Steinbeck, doit sa popularité aux fortes oppositions qui structurent le récit, les deux personnages principaux devenant au fil du temps un duo qui imprègne notre mémoire de lecteur avec la même intensité que certains personnages de la mythologie. C'est pourquoi le roman a rapidement dépassé les frontières des États-Unis.

LA VIE DE JOHN STEINBECK

| Portrait de John Steinbeck, 1962.

John naît le 27 février 1902 dans une famille irlando-allemande qui s'est installée dès le XIXᵉ siècle à Salinas, au cœur du comté de Monterey, en Californie. Cette région de montagnes difficiles d'accès surplombe l'océan Pacifique et bénéficie d'un climat de type méditerranéen.

Les Steinbeck font partie de la classe moyenne : le père est trésorier du comté pendant de longues années, tandis que la mère est institutrice et transmet à son fils le goût de la lecture. Troisième d'une fratrie de quatre enfants, avec Esther (1892-1986), Elizabeth (1894-1992) et bientôt Mary (1905-1965), John Steinbeck évolue dans un environnement où l'élevage et l'agriculture sont les principales activités économiques de Salinas et des environs.

UNE ÉDUCATION ET UNE FORMATION LIBRES ET VARIÉES

La bibliothèque familiale est fournie et les enfants y ont libre accès. Ils lisent autant la Bible que William Shakespeare (dramaturge anglais,

1564-1616), Robert Louis Stevenson (romancier écossais, 1850-1894) et Jack London (romancier américain, 1876-1916). Parmi ses découvertes littéraires, John Steinbeck donne sa préférence à la poésie de Milton (poète anglais, 1608-1674) et aux romans de Flaubert (romancier français, 1821-1880), ainsi qu'aux œuvres de Thomas Hardy (poète et romancier, 1840-1928) et T. S. Eliot (poète et essayiste anglais, 1888-1965). Également sportif, il pratique le basket-ball et s'occupe des chevaux dans les ranches avoisinants.

Après avoir terminé ses études secondaires à Salinas, il s'inscrit à l'université de Stanford (Californie) en 1919 où il suit, très irrégulièrement et en dilettante, des cours de sciences naturelles (biologie marine en particulier). Mais il abandonne très tôt les bancs de la faculté pour se lancer dans une vie plus active, et subvient à ses besoins en travaillant comme ouvrier agricole, commis de ferme, cantonnier ou matelot, avant de publier ses premiers écrits littéraires dans la presse locale en 1924.

En 1925, Steinbeck part pour New York en passant par Panama et exerce diverses activités mal rémunérées : échouant dans le métier de reporter au *New York American*, il devient apprenti peintre, maçon, chimiste, et finit, en 1926, par rentrer en Californie où il devient surveillant de plantation et collecteur de fruits.

Il se marie en 1930 avec Carol Henning et emménage à Pacific Grove où il rencontre un biologiste de renom, Edward Ricketts (1897-1948), qui a sur lui une grande influence. Avide d'aventures, il embarquera quelques années plus tard, avec l'équipe scientifique de ce dernier, sur le *Western Flyer* pour une expédition en mer de Cortez, au cours de laquelle il rédigera un journal de bord qu'il intitulera *Dans la mer de Cortez* (1951).

Si ses premiers romans ont commencé à paraître à partir de 1929 avec *La Coupe d'or* (suivi des *Pâturages du ciel* [1932], *Au dieu inconnu* [1933]), le succès arrive surtout avec *Tortilla Flat* (1935) qui raconte de façon humoristique les aventures d'un groupe de *paisanos* à Monterey, des immigrés de

« sangs espagnol, indien, mexicain, avec des assortiments caucasiens » (STEINBECK (John), Préface de *Tortilla Flat*, Paris, Éditions France Loisirs, 2009, p. 9), sans-le-sou et peu conventionnels.

LES PREMIERS SUCCÈS D'ÉCRIVAIN

En 1937, le succès du livre *Des souris et des hommes* l'entraîne à nouveau à New York où le roman est adapté au théâtre. Peu enclin aux mondanités, Steinbeck préfère toutefois fuir les honneurs et les feux des projecteurs. Il voyage en Europe, mais la Grande Dépression (crise économique mondiale découlant du krach boursier de Wall Street du 24 octobre 1929) le ramène aux États-Unis, où il se met à l'écriture de son grand roman, *Les Raisins de la colère*, sur fond de crise économique.

Il observe des camps de sans-logis à travers toute la Californie et s'émeut de leurs conditions de vie. Pneumonie, rougeole, tuberculose s'abattent sur les plus faibles. La déchéance de familles qui ne peuvent plus s'occuper décemment de leurs enfants l'indigne. Ses idées en faveur des travailleurs provoquent la méfiance chez certains critiques littéraires qui l'accusent de socialisme.

Malgré le prix Pulitzer et le *National Book Award* qu'il obtient en 1940, Steinbeck doit souvent répondre à ceux qui lui reprochent d'écrire des romans qui poussent à la révolte.

| Affiche du film *Of Mice and Men* de Lewis Milestone (1939).

À partir de 1939, le cinéma adapte les romans de Steinbeck, avec les monstres sacrés de l'époque :

- *Des souris et des hommes* de Lewis Milestone (réalisateur, scénariste et acteur américain, 1895-1980) avec Burgess Meredith (acteur américain, 1907-1997) en 1939 ;
- *Les Raisins de la colère* avec Henry Fonda (acteur américain, 1905-1982) en 1940 ;
- *Tortilla Flat* avec Spencer Tracy (acteur américain, 1900-1967) en 1942 ;
- *Le Poney rouge* avec Robert Mitchum (acteur et chanteur américain, 1917-1997) en 1949 ;
- *À l'est d'Éden* avec James Dean (acteur américain, 1931-1955) en 1955, etc.

La guerre s'installant, il voyage de nouveau en Europe et en Afrique du Nord. Il collabore à divers journaux et coécrit des scénarios avec deux grands réalisateurs, Alfred Hitchcock (scénariste, producteur et scénariste britannique, 1899-1980) pour *Lifeboat* (1944) et Elia Kazan (réalisateur, metteur en scène de théâtre et écrivain américain, 1909-2003) pour *Viva Zapata !* (1952).

Dans les années 1950, on le voit se battre contre le maccartisme, la chasse organisée contre plusieurs personnalités accusées de propager des idées communistes.

Le prix Nobel de littérature couronne finalement sa carrière en 1962 et il meurt à New York en 1968.

RÉSUMÉ *DES SOURIS ET DES HOMMES*

DEUX HOMMES EN QUÊTE DE TRAVAIL (PARTIE I)

Sur la côte est des États-Unis, en Californie, lors de la Grande Dépression des années 1930, George Milton et Lennie Small font route ensemble, en quête de travail comme ouvriers agricoles saisonniers. Ces amis que tout oppose, devenus inséparables, sont liés par un rêve commun : posséder une petite ferme. Le nouvel emploi qu'ils ont trouvé devrait leur permettre de gagner assez d'argent pour acquérir, un jour, le bien tant désiré. Seulement, pour y parvenir, George doit veiller à ce que Lennie, un colosse à la force dévastatrice et à l'esprit enfantin, ne s'attire pas d'ennuis.

Les deux hommes se dirigent vers un ranch, à Soledad, qui embauche des travailleurs agricoles journaliers pour la récolte de l'orge, alors qu'ils viennent de quitter précipitamment les environs de Weed où Lennie est accusé d'agression sur une jeune femme. Ce dernier suit aveuglément George, son ami d'enfance, qui se donne pour mission de le guider et de le protéger depuis que la tante Clara, qui prenait soin de lui, est décédée.

Ce rôle est toutefois lourd à porter et George exprime souvent sa lassitude face au comportement parfois irresponsable et incontrôlable de son compagnon. C'est pourquoi il profite de leur halte près d'une rivière pour lui renouveler ses recommandations : il lui indique un fourré au bord de l'eau, qui pourrait servir de cachette s'il lui arrivait de nouveau des ennuis.

L'ARRIVÉE AU RANCH (PARTIE II)

Après une dernière nuit passée à la belle étoile, les deux hommes parviennent enfin au but, fatigués, mais pleins d'espoir.

L'accueil du patron, qui a besoin de ces deux nouveaux journaliers, est empreint de défiance à l'égard de Lennie. Il est également furieux qu'ils soient en retard. George en explique les raisons, à savoir que le chauffeur du bus les a mal renseignés et qu'ils ont dû faire une partie du trajet à pied, et parvient à rassurer le propriétaire du ranch, étonné que Lennie ne s'exprime pas : « Il n'est pas intelligent, mais il est fort comme un taureau » (p. 54), déclare Milton.

Les deux compagnons découvrent le baraquement dans lequel ils vont loger et font la connaissance de certains ouvriers, dont Candy, le vieil homme au chien. Mais alors qu'ils discutent, Curley, boxeur et fils du patron, fait irruption et interrompt la conversation sans ambages : il veut savoir où est son père. Alors qu'il interroge Candy, son regard se porte par hasard sur Lennie dont la stature de colosse le pique au vif dans sa fierté : il s'adresse dédaigneusement à lui et cherche à le provoquer. Peu de temps après, c'est la femme de Curley, sensuellement apprêtée, qui vient minauder sur le seuil du baraquement. Si Lennie est envoûté par sa beauté, il est encore plus attiré par les propos de Slim, le chef d'équipe, qui révèle que sa chienne vient de donner naissance à neuf chiots.

UN CADEAU (PARTIE III)

Slim offre un chiot à Lennie qui, tout à sa joie, s'isole dans l'écurie pour s'amuser avec les petits chiens. Le remerciant chaleureusement pour son ami, George se livre peu à peu au chef d'équipe et lui raconte comment est née leur amitié le jour où Lennie, enfant, a manifesté une confiance aveugle en lui au point de se jeter à l'eau, dans le Sacramento, sans savoir nager.

Alors que les ouvriers viennent se reposer dans le baraquement après leur journée de travail, l'un d'eux, Carlson, se plaint de la puanteur que dégage le vieux chien de Candy. Au vu de son âge et de ses infirmités, il lui suggère, pour soulager ses maux, de mettre un terme à son existence en l'abattant d'un coup de pistolet. Malgré ses réticences, Candy finit par céder. Tandis que tous essayent de faire diversion en parlant de choses et d'autres, une détonation retentit dans la nuit.

Alors qu'ils se retrouvent un instant seuls dans le baraquement avec Candy, prostré sur son lit, Lennie insiste pour que George lui fasse le récit de leur future vie de « rentiers » dans leur petite ferme. Candy, qui écoute attentivement sans dire un mot, leur propose finalement ses économies pour se joindre à leur projet, ce à quoi consent George, non sans dépit.

C'est alors que surgit Slim en colère, suivi de près par Curley qui a eu le malheur de le soupçonner d'être avec sa femme. Le ton monte entre les ouvriers et le fils du patron qui, acculé, s'en prend à Lennie dont le sourire béat est interprété comme une provocation. Curley lui enjoint de se battre avec lui, mais Lennie lui empoigne la main et lui broie les os. Pour protéger celui-ci, Slim oblige Curley à prétexter un accident, s'il tient à garder sa réputation.

LES CONFIDENCES DE DEUX MARGINAUX (PARTIE IV)

Lennie se réfugie à nouveau auprès des chiots. Il aperçoit Crooks, le palefrenier noir qui loge dans une pièce attenante à l'écurie, et lui évente le secret de son projet avec George. Crooks, dont les parents, de condition très modeste, ont toujours été victimes de racisme et ont vécu isolés, reste sceptique quant à ce rêve qui lui paraît irréalisable, et raconte la vie qu'il a menée jusque-là.

La femme de Curley vient mettre un terme à la discussion, en faisant son entrée dans l'écurie. Sommée de partir, elle devient menaçante et agressive à l'égard de Crooks. Candy, qui a rejoint les deux hommes un moment plus tôt, la fait fuir en lui disant que son mari la cherche.

UNE RENCONTRE FATALE (PARTIE V)

Au cours d'une après-midi de forte chaleur, les hommes se détendent dehors en faisant une partie de fers à cheval. À l'intérieur de l'écurie, Lennie tient dans les mains son petit chien : il l'a caressé si fort, à l'instar des souris qu'il a déjà eues auparavant, que la petite bête est morte. Il est au désespoir.

La femme de Curley, témoin de la scène, s'approche de lui pour lui parler. Bien qu'il refuse d'engager la conversation, elle se fait plus insistante. Elle lui raconte qu'elle méprise son mari et qu'elle se sent malheureuse. En quête d'un peu d'attention, elle propose à Lennie de lui caresser les cheveux pour juger de leur douceur. Or, ne mesurant pas sa force, il lui brise le cou et la tue. Les ouvriers ne tardent pas à découvrir le corps de la jeune femme et à lancer une chasse à l'homme, que George ne parvient pas à empêcher.

George n'a qu'une idée en tête : devancer les autres pour sauver Lennie de leur vengeance, même s'il sait qu'il n'y a plus d'issue pour lui. Il le rejoint bientôt, près de la rivière où il lui avait conseillé de se réfugier en cas de problème. Mais les voix de Curley et des autres se font déjà entendre. Alors, tout en lui contant leur rêve commun pour la dernière fois, il abat son ami d'une balle dans la nuque.

L'ŒUVRE EN CONTEXTE

LES ÉTATS-UNIS ET LA GRANDE DÉPRESSION

Au début des années 1930, des milliers d'hommes et de femmes, en particulier les métayers du Sud des États-Unis, sont contraints de fuir vers la Californie pour échapper à la crise agricole qui s'abat sur eux. Lorsque l'aide du gouvernement fédéral se fait attendre, ces hommes la cherchent ailleurs. Des escrocs tentent de gagner leur confiance tandis que des patrons font des promesses d'embauche.

Face à la pénurie d'emplois, des manutentionnaires se battent à la porte des raffineries de San Francisco. La situation économique et sociale en ville ne cesse d'empirer.

- Des milliers d'hommes (les *hobos*), jeunes ou vieux, passent d'une région à une autre en voyageant clandestinement dans les trains. Le vagabondage devient ainsi, en 1930, la principale cause d'arrestation et de détention.

- Les vols de pain, de lait et de vêtements se multiplient.
- Des manifestations de la faim ont lieu devant les mairies.
- Des rassemblements autour de la Maison-Blanche sont interdits.
- Des trafics en tout genre essaiment.
- Les centres de l'Armée du salut ne désemplissent pas.

Dans les campagnes, la situation n'est pas meilleure.

- Les banques refusent de prêter de l'argent aux fermiers endettés.
- Les ventes aux enchères se multiplient.
- Beaucoup sont contraints de vendre leurs outils agricoles aux vendeurs d'équipement.
- On se chauffe avec des grains de maïs plutôt qu'avec du charbon, hors de prix.

Face à la violence de certains, les juges font appel à la garde nationale ou à des milices privées qui répriment durement les manifestants. En Californie, des camps de travail accueillent les réfugiés de la sécheresse qui sévit dans le pays. Le chômage est très élevé (24 % en 1932) et 13 millions de personnes sont en situation de sous-emploi. Les prix et les salaires sont en chute libre.

Au même moment, la région des grandes plaines aux États-Unis est touchée par le *Dust Bowl*, une sécheresse et de terribles tempêtes de poussière qui durent plusieurs jours, voire plusieurs semaines. Celles-ci détruisent toutes les récoltes, ensevelissent les habitations et le matériel agricole et arasent la terre, la remplaçant par une poussière stérile. Des milliers de fermiers partent sur les routes, en direction de l'ouest. Trois millions de personnes migrent, notamment vers la Californie. Les fermiers les plus touchés sont originaires de l'Oklahoma (environ 15 % de la population de l'État) et de l'Arkansas. Ils prennent respectivement les noms d'Okies et d'Arkies.

La Grande Dépression a d'autres conséquences. Ainsi, elle aggrave les problèmes de racisme et de xénophobie et des milliers de Mexicains sont renvoyés à la frontière. Des travailleurs d'origine étrangère sont malmenés. La culture des agrumes s'effondre et des centaines de milliers d'ouvriers ne trouvant plus de travail errent, désœuvrés. Comme il n'existe pas de couverture sociale pour aider ces populations, la société tout entière menace de se déchirer.

Des souris et des hommes fait partie de cette littérature qui, avec pour modèle les œuvres de grands romanciers américains comme *Le Petit Arpent du bon Dieu* (1933) d'Erskine Caldwell (1903-1987), *La Jungle* (1906) d'Upton Sinclair (1878-1968) ou *A Story of San Francisco* (1899) de Franck Norris (1870-1902), tente de saisir l'évolution de la société américaine. Situé, justement, pendant la période de la Grande Dépression qui suit la crise boursière et économique de 1929, ce récit est une étape importante dans l'œuvre littéraire de Steinbeck, qui privilégie la vie des gens humbles, des travailleurs pauvres et des ouvriers (*Tortilla Flat*, *En un combat douteux* [1936], *La Perle* [1947]).

UNE GÉNÉRATION D'ÉCRIVAINS TALENTUEUX

L'œuvre de Steinbeck prend place aux côtés de celles d'illustres romanciers américains, comme F. Scott Fitzgerald (1896-1940) avec *Gatsby le*

Magnifique (1925), John Dos Passos (1896-1970) et son *Manhattan Transfer* (1928), William Faulkner (1897-1962) avec *Tandis que j'agonise* (1930), Ernest Hemingway (1899-1961) avec *Le Vieil Homme et la Mer* (1952) ou Erskine Caldwell (1903-1987) avec *La Route du tabac* (1937), qui décrivent, souvent de manière très réaliste, la vie de leurs concitoyens.

L'entre-deux-guerres coïncide avec de profonds bouleversements sociaux que ces écrivains observent et transposent dans leurs œuvres. L'exil des populations rurales vers les grandes villes et leurs filatures, les dures conditions de vie des ouvriers, les tensions entre Blancs et Noirs dans le Sud des États-Unis, ainsi que la vie malgré tout dispendieuse de riches oisifs, sont devenus, dans les années 1930 et 1940, des thèmes récurrents de romans ou de nouvelles de tout premier ordre auxquels, grâce aux nombreuses traductions, les lecteurs européens ont très tôt accès. Ainsi, la Grande Dépression est-elle marquée par de grandes grèves et un renforcement du pouvoir des syndicats que Steinbeck immortalise dans son roman *En un combat douteux*.

Mais la crise économique coïncide aussi avec l'âge du jazz, que Fitzgerald place au cœur de son recueil de nouvelles *Les Enfants du jazz* (1922). On a souvent donné le nom de « génération perdue » à ces écrivains et artistes postérieurs à la Première Guerre mondiale (1914-1918), qui ont hérité de valeurs qui n'ont plus cours dans le monde d'alors.

ANALYSE DES PERSONNAGES

GEORGE

George Milton est le personnage principal de ce roman. Bien que l'on ne sache presque rien de lui, de son enfance ou de ses parents, il s'impose à nous comme un être déterminé à réaliser son rêve : devenir propriétaire d'une petite ferme.

Son portrait physique confirme d'ailleurs son caractère opiniâtre : « L'homme qui marchait en tête était petit et vif, brun de visage, avec des yeux inquiets et perçants, des traits marqués. Tout en lui était défini : des mains petites et fortes, des bras minces, un nez fin et osseux. » (p. 6)

George nous émeut aussi par les liens d'amitié qu'il entretient avec Lennie depuis l'enfance. Il veille sur lui comme un père, dirige sa conduite, n'hésitant pas à le sermonner : « Fous-moi la paix avec tes lapins. Y a que ça que tu peux te rappeler, les lapins. Allons ! Maintenant, écoute, et, cette fois, tâche de te rappeler pour qu'on ait pas des embêtements. » (p. 31-32)

Si George semble encourager Lennie à rêver, lui-même reste lucide sur le chemin à accomplir. Il ne semble pas se méprendre sur les difficultés qui les attendent : la conduite de Lennie est imprévisible, le travail est dur, l'argent se gagne lentement. Il sait qu'il ne peut compter que sur lui-même :

> « – Les types comme nous, ils n'ont pas de famille. Ils s'font un peu d'argent, et puis ils le dépensent tout. Y a personne dans le monde pour se faire de la bile à leur sujet... [...] Mais pas nous, dit Georges.
> – Parce que...
> – Parce que moi, j't'ai et...
> – Et moi, j't'ai. On est là tous les deux à se faire de la bile l'un pour l'autre, voilà ! s'écria Lennie, triomphant. » (p. 171)

Au-delà de sa clairvoyance, il incarne la raison et la prévoyance. Il anticipe les problèmes en donnant des directives sur ce que doit dire et faire son compagnon, en déterminant un endroit (la rivière) où se retrouver dans le cas où la situation se détériorerait. Il se substitue également à

Lennie, n'hésitant pas à parler en son nom pour éviter toute maladresse qui pourrait leur nuire, et ce dès leur arrivée au ranch. Il apparaît donc un peu comme un ange tutélaire qui veille sur leur bien-être commun, un ange qui garde toutefois les pieds sur terre et évite la disgrâce finale de son ami en le tuant de ses propres mains pour qu'il ne soit pas abattu par Curley.

LENNIE

Lennie Small est l'exact opposé de son ami, sur tous les plans :

> « Il était suivi par son contraire, un homme énorme, à visage informe, avec de grands yeux pâles et de larges épaules tombantes. Il marchait lourdement, en traînant un peu les pieds comme un ours traîne les pattes. Ses bras, sans osciller, pendaient ballants à ses côtés. » (p. 6)

La force de Lennie porte en elle une menace constante, à la fois pour lui et pour les autres : comment, en effet, vivre en société alors qu'il ne maîtrise pas cette force et n'a pas vraiment conscience des conséquences qu'elle peut avoir ? La scène du meurtre ne laisse pas de doute sur le caractère exceptionnel de cet homme, simple d'esprit, mais doté d'une puissance surhumaine :

> « Lennie serra les doigts, se cramponna aux cheveux. [...] Lennie était affolé. Son visage se contractait. Elle se mit à hurler et, de l'autre main, il lui couvrit la bouche et le nez. [...] Elle se débattait vigoureusement sous ses mains [...]. – Oh ! je vous en prie, ne faites pas ça, supplia-t-il. George va dire que j'ai encore fait quelque chose de mal. Il m'laissera pas soigner les lapins. » (p. 87)

Lors d'une rencontre avec un journaliste du *New York Times* en 1937, Steinbeck précise que le personnage de Lennie n'est pas sorti de son imagination :

> « Lennie existe vraiment. Il se trouve actuellement dans un asile d'aliénés en Californie. J'ai travaillé à ses côtés pendant de nombreuses semaines. Il n'a pas tué une fille. Il a tué un contremaître de la ferme. Il s'est mis en rogne parce que le patron avait viré son copain et il lui a planté une fourche dans le ventre. Je l'ai vu faire. Nous n'avons pas pu l'arrêter avant qu'il ne fût trop tard. » (cité par LEMARDELEY-CUNCI (Marie-Christine), *Des souris et des hommes* de John Steinbeck, Paris, Gallimard, coll. « Foliothèque », p. 150)

À la différence du personnage de ce fait divers, Lennie n'est ni colérique ni agressif : malgré sa corpulence imposante, il se caractérise par une douceur candide, semblable à celle d'un enfant, qui l'empêche de se prendre en main et de vivre en toute indépendance. Ainsi, la présence de George à ses côtés est un rempart contre les dangers que représentent pour lui sa naïveté et son innocence.

Facilement influençable et sujet à des tentations puériles (il se laisse séduire par la beauté d'une robe ou d'une chevelure), il est totalement inadapté à la vie sociale et aux risques qu'elle comporte, surtout dans le milieu ouvrier où il évolue et où les hommes se caractérisent par leur rudesse tant verbale que physique. Si Lennie est pétri de contradictions induites par le conflit entre sa force physique et sa fragilité mentale, il est avant tout un être attachant que le lecteur prend en affection.

CANDY

Candy est l'homme le plus âgé du ranch. Il a perdu une main au travail et veut acheter un lopin de terre avec George. Il possède un très vieux chien, qui sera tué par Carlson. La relation qu'entretient Candy avec son chien rappelle celle de George et Lennie. Mise en abyme de l'amitié entre les deux hommes, celle-ci est aussi, et peut-être surtout, le symbole de la solitude à laquelle sont confrontés tous les travailleurs de la ferme. Le projet d'association de Candy avec George et Lennie montre à quel point il est désireux de quitter le ranch et de mener une autre vie, plus libre et indépendante.

CROOKS

Crooks est un vieux Noir, victime d'ostracisme en raison de la couleur de sa peau et de son mode de vie. Il vit près de l'écurie, ce qui rend très concrets les préjugés raciaux des autres employés du ranch à son égard. Son histoire est toutefois bouleversante : sa famille a subi longtemps vexations et brimades. Isolée, elle n'a dû sa survie qu'à un sens aigu de la lutte.

Crooks est le symbole du racisme qui existe alors aux États-Unis et tout particulièrement dans le sud du pays. La réaction de la femme de Curley est d'ailleurs révélatrice, lorsque celle-ci lui rappelle le peu de cas que l'on fait de la vie d'un

Noir : « Tiens-toi à ta place, nègre. J'pourrais te faire pendre à une branche d'arbre si facilement que ça ne serait même pas rigolo. » (p. 136)

Si Crooks tente donc de désillusionner Lennie, c'est parce qu'il n'a confiance en personne et n'a pas une haute estime des Blancs qu'il côtoie au quotidien. Mais c'est aussi qu'il a abdiqué tout rêve, sachant pertinemment que les êtres comme lui sont condamnés à ne jamais connaître le bonheur.

CURLEY

Curley, le fils du patron, est un homme de petite taille. Ancien boxeur amateur, il aime se battre avec les plus grands. Ce goût pour la bagarre va obliger Lennie à outrepasser la promesse qu'il a faite à George : provoqué par Curley et contraint de riposter, il se bat avec lui, lui broie la main et fait ainsi la démonstration de sa supériorité physique. Curley lui en veut à mort par la suite. Cette rupture en appellera d'autres et mènera au drame final. Curley, en outre, n'aime pas quand sa femme ne se trouve pas à proximité de lui. Jaloux, il crée dans la ferme un climat de suspicion.

LA FEMME DE CURLEY

L'épouse de Curley est belle et attirante. Jeune femme inassouvie et déçue par l'existence, elle joue de ses atouts auprès des ouvriers agricoles, dans l'espoir d'obtenir des marques d'attention et de tromper son ennui :

> « Debout, une jeune femme regardait dans la chambre. Elle avait de grosses lèvres enduites de rouge, et des yeux très écartés fortement maquillés. Ses ongles étaient rouges. Ses cheveux pendaient en grappes bouclées, comme des petites saucisses. Elle portait une robe de maison en coton, et des mules rouges, ornées de petits bouquets de plumes d'autruches rouges. » (p. 68)

Mais elle est considérée comme un danger par les hommes du ranch qui préfèrent l'éviter, de crainte de perdre leur emploi, et la contraignent ainsi à rester dans sa solitude.

Elle n'a pas épousé Curley par amour, mais par obligation. Son ambition étant de devenir actrice, elle fait partie de ces êtres qui, comme George et Candy, aspirent à une autre vie, mais qui ne pourront jamais effleurer leur rêve du doigt.

D'ailleurs, en ne lui attribuant pas de prénom, Steinbeck la condamne à ne jamais se réaliser autrement qu'en étant « la femme de Curley ».

ANALYSE DES THÉMATIQUES

UNE PEINTURE DES CONDITIONS DE VIE DES TRAVAILLEURS PAUVRES

Dans le roman *Des souris et des hommes* dont l'action se situe dans les années 1930, Steinbeck se centre une nouvelle fois sur la vie de travailleurs pauvres. Après ses précédents ouvrages, *Tortilla Flat* et *En un combat douteux*, l'écrivain met en scène, avec un grand réalisme, deux jeunes travailleurs agricoles, George et Lennie, à la vie itinérante et précaire. L'action se resserre, ainsi, sur ce duo de protagonistes à la fois courageux et fragiles, auxquels il confère une personnalité attachante.

Le dialogue engagé par George et le vieux Candy sur la personnalité du patron du ranch est révélateur des préoccupations de ces travailleurs, souvent opprimés par des hommes sans scrupules et surtout soucieux de faire du profit sur le dos des plus démunis. Mais Steinbeck évite la caricature et, à travers les paroles du vieux Candy, il bâtit un portrait nuancé du patron, certes exigeant et méfiant, mais aussi capable d'encourager et de récompenser ses hommes :

> « – Quel genre de type c'est-il, le patron ? demanda George.
> – Oh ! il est assez gentil. Il se fout en rogne, des fois, mais il est assez gentil. [...] Vous savez pas ce qu'il a fait à Noël ? Ben, il a apporté un gallon de whisky, ici même, et il a dit : "Buvez un bon coup, les gars, y a qu'un Noël par an". » (p. 54-55)

C'est d'abord par ses dons d'observation du comportement et du langage des travailleurs que l'écrivain s'est imposé comme critique de la société américaine. Sous sa plume, les paysages dorés de la Californie, au doux climat, révèlent également leur part d'ombre et de souffrance :

> « Il y a un sentier à travers les saules et parmi les sycomores, un sentier battu [...] par les vagabonds qui, le soir, descendent de la grand-route, fatigués, pour camper sur le bord de l'eau. Devant la branche horizontale et basse d'un sycomore géant, un tas de cendre atteste les nombreux feux de bivouac ; et la branche est usée et

polie par tous les hommes qui s'y sont assis. »
(p. 28)

La vie de ces hommes solitaires est souvent difficile. Comment sortir de la précarité ? Comment
acquérir une meilleure place dans la société, sans
appui ni fortune personnelle ? Comment devenir
à son tour propriétaire d'une petite ferme ? Telles
sont les questions que se pose George.

Les salaires sont bien minces et l'embauche
aléatoire. Les travailleurs agricoles peuvent vite
être remplacés par d'autres, s'ils ne font pas
l'affaire et ont le malheur de ne pas plaire au
patron. Ils n'ont donc pas d'autre choix que de
s'en remettre à la chance et de mettre à profit
leur expérience pour survivre. C'est le sens de
l'attitude de George face au père de Curley, lors
de leur première rencontre. Il ne conteste pas la
hiérarchie, promet de répondre aux exigences du
patron et de son chef d'équipe, malgré la dureté
du travail (notamment la manutention des sacs
d'orge), et ne manque surtout pas de vanter les
qualités de travail de Lennie.

Le titre *Des souris et des hommes* est une citation extraite d'un poème de Robert Burns (poète écossais, 1759-1796), intitulé *À une souris* (1785) : « *The best laid schemes o'mice an'men/ Gang aft agley* » (« Les plans les mieux conçus des souris et des hommes souvent ne se réalisent pas », BURNS (Robert), « *To A Mouse, On Turning Her Up In Her Nest With The Plough* », in *robertburns.org*).

Dans ce texte, le poète déplore avoir détruit le nid d'une souris en labourant, ce qui est le point de départ à une réflexion sur l'aspect illusoire et incertain de tout projet, mais aussi sur la façon dont les plus forts anéantissent les plus faibles. En quelques instants, tous les efforts entrepris par le rongeur ont été balayés et sa prévoyance réduite à néant par l'homme. Cela fait claire-ment allusion à l'échec passé et futur des plans de George et Lennie.

Pourtant, les deux hommes ne sont pas prêts à renoncer à leur rêve, malgré leur fuite précipitée de Weed où Lennie a agressé une jeune femme. George, bien que sur ses gardes et attentif à tous les dérapages de son ami, veut croire que l'achat d'une ferme sera possible un jour, ce qui constitue le principal leitmotiv du roman : « Un jour, on réunira tout not' pèze, et on aura une petite maison et un ou deux hectares et une vache et des cochons… » (p. 44) Le futur, auréolé de contentement, hante autant l'esprit des deux hommes que leur dur passé, dont on devine les frustrations qu'il a engendrées.

Pour atteindre leur but, George peut compter sur la force colossale de Lennie et son ardeur au travail. Quant à Lennie, il peut s'appuyer sur le bon sens de son ami. Il est clair que ces deux compagnons se complètent harmonieusement, au point que leur relation en devient presque fusionnelle : « Moi, j'ai toi pour t'occuper de moi, et toi, t'as moi pour m'occuper de toi […] » (p. 44) Ils ont besoin l'un de l'autre, et ce jusque dans la mort, comme le révèle la scène finale où George accompagne son ami dans les derniers instants de sa vie.

La force du livre tient, pour une grande part, à la subtilité de cette relation d'amitié qu'ont nouée George et Lennie. Tous deux suscitent la jalousie à cause de l'affection profonde qui les unit et qui étonne, dans ce milieu masculin où dominent la force et l'individualisme. Même si George s'énerve souvent devant les frasques de Lennie, même s'il souffre des ennuis que cela engendre et s'il menace parfois de quitter son ami, jamais il ne l'envisage vraiment et il assume vaillamment son rôle de protecteur et de guide. En retour, Lennie lui voue un attachement sans bornes, mêlé d'admiration, ce qui aide sans doute George à se sentir humain et indispensable, malgré la vie peu reluisante qu'il mène.

Ainsi, George semble éprouver une véritable affection pour son compagnon. C'est en tout cas ce qui se devine au travers de la phrase qu'il adresse à plusieurs reprises à Lennie : « J'veux que tu restes avec moi », que l'on retrouve notamment au début et à la fin du roman.

Pourtant, il domine entièrement Lennie : « La main de George restait impérieusement tendue. Lentement, comme un terrier qui ne veut pas rapporter la balle à son maître, Lennie s'approcha, recula, s'approcha encore. George fit claquer sèchement ses doigts, et à ce bruit, Lennie lui mit la souris dans la main. » (p. 37) L'amitié décrite par Steinbeck n'est en rien sentimentale. L'auteur lui a conservé un aspect rude et même brutal, parfois, lorsque George sermonne son ami. La lucidité de celui-ci sur les difficultés qui les attendent a d'ailleurs quelque chose de pathétique : « Les types comme nous, y a pas plus seul au monde. » (p. 43)

Certes, le rêve de posséder une ferme cimente leur relation, mais derrière l'ami attentif au travers de Lennie, toujours prompt à le remettre sur la bonne voie, se cache un homme clairvoyant et prêt à toute éventualité. La fin tragique de cette amitié est, d'ailleurs, déjà préparée par les répliques brutales de George. En outre, la répétition des mêmes propos (« On vivra comme des rentiers [...]. Et on aura des lapins », p. 44), comme s'il cherchait à se convaincre, semble dénoncer le caractère irréaliste de leur rêve.

Par conséquent, le rêve qui soude ces deux amis n'est pas seulement un espoir qui forge leur amitié et la rend d'autant plus forte, mais aussi un idéal de société plus fraternelle et solidaire qui hante les pages de ce roman réaliste :

> « C'est là qu'on habiterait. Ça serait notre chez-nous. Y aurait plus besoin de courir le pays et de se faire nourrir par un cuisinier japonais. Non,

LES ENTORSES AU MYTHE AMÉRICAIN

En réalité, Steinbeck dénonce l'idéal même du président Jefferson (troisième président des États-Unis, 1743-1826), celui d'une république de propriétaires terriens qu'il défend lors de l'élection présidentielle de 1796, repris et amplifié par tout un peuple qui a souvent minoré les obstacles dressés sur la route de ceux qui l'avaient en partage. En cela aussi, *Des souris et des hommes* constitue une étape sur la voie de la création du chef-d'œuvre de Steinbeck, *Les Raisins de la colère*, dans lequel la famille Joad, comme tous les métayers délogés par les grandes compagnies, s'accroche au même rêve de possession d'une terre.

Outre la critique de l'idéal jeffersonien, l'auteur s'en prend violemment au mythe américain, en mettant en scène une communauté d'hommes profondément divisée et animée par des haines solides. La violence est d'abord incarnée par l'ancien boxeur et fils du patron, Curley, qui poursuit partout sa femme qu'il soupçonne d'infidélité. Les confidences de celle-ci, regrettant de n'avoir pu accomplir son rêve de devenir une vedette de cinéma, nous préparent à la scène finale du meurtre. Fragile, mal à l'aise dans ce ranch au milieu d'hommes rudes et peu éduqués, elle n'est pas à sa place dans cette microsociété, ce que confirmera sa mort prématurée.

Mais une autre ligne de fracture divise ces hommes : c'est celle qui sépare hommes blancs et hommes noirs. Même de rang modeste, les Blancs de ce ranch ont creusé un fossé entre eux et l'homme noir qui les sert avec dévouement depuis des années. Celui-ci n'appartient pas à la même humanité qu'eux. Sa peau, son odeur, son comportement lui-même, sont l'objet d'un violent rejet, qui est pour lui source de solitude :

> « Imagine un type ici, tout seul, la nuit, à lire des livres peut-être bien, ou à penser, ou quelque chose comme ça. Des fois, il se met à penser et il n'a personne pour lui dire si c'est comme ça ou si c'est pas comme ça. Peut-être que s'il voit

Crooks, le palefrenier, subit avanie sur avanie. Il supporte, sans rien dire, les menaces de sa patronne tout au long de la partie IV. L'intérêt documentaire et humaniste du roman tient ainsi à la description de la vie des ouvriers agricoles californiens, de l'exploitation paternaliste dont ils sont victimes, de la part d'une compagnie puissante et lointaine dont le patron même est un employé, alors que la famille de Crooks a perdu sa ferme (il y a là, implicitement, une critique du capitalisme américain qui cherche à tout prix le profit au détriment des populations plus modestes).

Mais, et ce n'est pas un hasard, Steinbeck défie l'idéologie raciste en donnant longuement la parole à un Noir dans cette partie clé du roman. Sans digression ni sensiblerie, il décrit minutieusement les conditions de vie misérables du palefrenier, réduit à loger dans l'écurie comme s'il était, par nature, plus proche des animaux que des hommes. Cet homme consciencieux et instruit (sa bibliothèque en atteste), qui prend soin des chevaux, est en outre infirme, si bien que sa colonne vertébrale déviée le rejette davantage en marge de la communauté.

S'il ne représente pas grand-chose aux yeux des autres, Lennie est le seul à lui témoigner de l'amitié. Mais Crooks a développé une telle méfiance à l'égard des Blancs qu'il en vient à tenter de détruire le rêve de ce dernier, dont la présence le gêne : « T'es dingo, dit Crooks, méprisant. J'ai vu des centaines d'hommes passer sur les routes et dans les ranches, avec leur balluchon sur le dos et les mêmes bobards dans la tête. » (p. 127)

Ses confidences font de Crooks l'un des personnages les plus riches du roman. Porteur de toute l'histoire malheureuse d'un peuple opprimé par la traite des Noirs, puis, malgré l'abolition de l'esclavage en 1865, par la ségrégation raciale qui en découle et qui trouve son expression à travers les actions du Ku Klux Klan (organisation secrète américaine prônant la supériorité des Blancs sur les Noirs, créée vers 1865), sa lucidité sur le rêve américain est entière et aiguë. Mais Crooks est un être digne et, selon la volonté de l'auteur, riche d'une expérience qui a surdéveloppé son intelligence.

LE POIDS DU DESTIN

En préférant le titre *Des souris et des hommes* au premier qu'il avait envisagé, *Quelque chose qui s'est passé*, Steinbeck a donné à son livre une portée universelle. Construit comme une tragédie en six actes, ce récit d'une grande simplicité met en scène la fatalité humaine, le drame final étant préparé par plusieurs signes avant-coureurs et, notamment, l'omniprésence de la mort (celle des souris et du chiot). Lennie est ainsi attiré vers sa victime, comme poussé par un instinct animal qui le place en marge de la société des hommes :

> « De ses gros doigts, Lennie commença à lui caresser les cheveux. [...] Lennie serra les doigts [...]. Elle se mit à hurler et, de l'autre main, il lui couvrit la bouche et le nez. [...] Elle se débattait vigoureusement, sous ses mains. De ses deux pieds elle battait le foin, et elle se tordait dans l'espoir de se libérer. Lennie commença à crier de frayeur. [...] Il écarta un peu la main et elle poussa un cri rauque. Alors Lennie se fâcha.
> – Ne gueulez donc pas comme ça, dit-il en la

secouant, et le corps s'affaissa comme un pois-
son. » (p. 152)

La scène du meurtre est préparée dès les pre-
mières pages du roman, qui sèment les signes
de la démence de Lennie et de son impulsivité
qu'il ne parvient pas à maîtriser. Aussi est-il
nécessaire de comparer la situation initiale
et la situation finale du roman, que l'auteur a
délibérément construites comme un diptyque :
le décor de la partie I est consacré à l'arrivée
conjointe de George et de Lennie, tandis que
celui de la partie VI, identique au premier, les
sépare définitivement.

Si ce cadre spatial offre aux deux hommes un re-
fuge naturel idéal, dans une verdure ombragée,
baignée par l'eau de la Salinas (il s'agit presque
d'un paradis), la menace est pourtant là : un
serpent « ondule » sous l'eau (partie I, p. 38) et
se dirige aveuglément tout droit vers le héron qui
semble l'attendre (partie VI, p. 179) pour l'avaler
aussitôt.

La partie VI rappelle combien la création est
cruelle, le plus faible sera éliminé, ce qui est
illustré par plusieurs protagonistes dans le ro-

man : si Crooks est exclu, la femme de Curley, à la recherche d'une affection, ou le vieux chien de Candy, seront tous deux sacrifiés.

Quant au rêve de George et Lennie, c'est au moment où il semble le plus à même de se réaliser qu'un coup du sort l'annule. Ainsi, John Steinbeck, par la simple mise en perspective des parties I et VI – l'une faisant écho à l'autre – et la multiplication des signes annonciateurs de la mort de Lennie, parvient à faire sentir la fatalité qui pèse sur la vie de chacun : ce qui doit arriver se réalise, car personne n'échappe à son destin. L'emprise du rêve ne permet pas aux personnages d'exercer pleinement leur sens de la réalité et les illusionne.

STYLE ET ÉCRITURE

UNE ÉCRITURE ÉCONOME DE MOYENS

Steinbeck, tout au long de son roman, se montre d'une grande sobriété dans l'écriture en réduisant les descriptions à l'essentiel : « À quelques milles au sud de Soledad, la Salinas descend tout contre le flanc de la colline et coule, profonde et verte. » (p. 28) La force du livre réside dans la concision et la précision de ces dernières, ainsi que dans la rapidité du déroulement de l'action. Ces descriptions situent lieux et personnages de l'action sans développement inutile, à l'aide de quelques verbes et adjectifs précis et choisis avec soin. Si la nature est certes présente, elle reste en arrière-plan du drame qui se joue, sa description faisant écho à la violence des hommes :

> « Un serpent d'eau remontait mollement la rivière. Sa tête, comme un petit périscope, tournait de droite et de gauche, et il traversa le bassin d'eau dormante dans toute sa longueur pour venir se jeter dans les pattes d'un héron qui

> guettait, immobile, là où l'eau n'était pas profonde. Une tête et un bec s'élancèrent sans bruit et saisirent le serpent, et le bec l'avala par la tête tandis que la queue s'agitait, éperdue. » (p. 179)

Mais sensible, déjà en son temps, à la préservation de l'environnement, le romancier place ses deux héros dans une nature moins menaçante, à tout prendre, que les faits humains. Lennie semble souvent faire corps avec elle, car il est pourvu d'une force physique quasi instinctuelle, comparable à celle d'un animal. Il est de ce fait plus attiré par les animaux – les souris et les chiots – que par les personnes, et c'est peut-être aussi pour cette raison que son monde intérieur est plus suggéré qu'analysé.

UNE ÉCRITURE BÉHAVIORISTE

L'auteur, d'ailleurs, se concentre davantage sur les faits et gestes de ses personnages, c'est-à-dire sur leur comportement extérieur : certains critiques parlent même d'écriture béhavioriste.

Le béhaviorisme

Le béhaviorisme est un courant de la psychologie né au XXe siècle aux États-Unis avec les travaux de John Broadus Watson (psychologue américain, 1878-1958). Il base sur l'étude du comportement observable des individus dans leur milieu, plutôt que sur leur intériorité (leurs sentiments, leurs pensées, etc.), excluant ainsi toute introspection.

En effet, *Des souris et des hommes* semble s'apparenter à ce type d'écriture : le narrateur est complètement externe, nous livrant uniquement une description extérieure des comportements des personnages, sans nous laisser pénétrer leur intériorité et sans nous donner accès à leurs pensées ni à leurs sentiments. De plus, ce narrateur est extrêmement discret, il s'efface derrière ses personnages et ne formule aucun jugement, ne délivre jamais aucun commentaire ni aucune morale pouvant influencer le lecteur. Il ne nous présente pas George comme un héros positif, Crooks comme une simple victime, ou Curley comme un monstre, car chaque être a ses failles et l'on devine pour chacun un passé, une enfance ou un itinéraire difficile.

Cependant, Steinbeck restitue une partie du monde intérieur de ses personnages à travers le style direct, presque brutal, des paroles rapportées. Ainsi en va-t-il dans cette réplique de Lennie adressée à la femme de Curley : « Allons, assez, dit-il. J'veux pas que vous gueuliez. Vous allez me faire arriver des histoires, tout comme a dit Georges. N'faites pas ça, voyons. » (p. 152) La langue est familière et rugueuse, à l'image de l'univers dans lequel vit le protagoniste, qui se débat au milieu d'un flot de pulsions qui l'assaillent et ne lui laissent pas de répit. L'auteur use aussi de longues répliques au travers desquelles les personnages se livrent et qui tendent souvent à se transformer en monologue, comme dans l'exemple suivant avec George :

> « – J'voulais rien que lui toucher sa robe à cette fille… j'voulais rien que la caresser comme si c'était une souris… Comment foutre voulais-tu qu'elle sache que tu voulais rien que lui toucher sa robe ? Elle fait un bond en arrière, et tu te cramponnes à elle comme si c'était une souris. Elle gueule, et puis il faut que nous restions

cachés toute la journée dans un fossé d'irrigation avec un tas de types à nos trousses. Et puis après, il a fallu se faufiler dans le noir et quitter le pays. Et tout le temps quelque chose comme ça… tout le temps. Si seulement j'pouvais te foutre dans une cage avec un million de souris et te laisser t'amuser à ton aise.
Sa colère tomba brusquement. » (p. 40)

Ces « monologues », où l'aspect brut du langage prend toute sa place et affleure à chaque mot, permettent de rendre la profondeur des désillusions, des incertitudes et des conflits intérieurs des personnages.

L'absence de commentaires du narrateur renforce encore le poids des dialogues. Écrit dans une langue familière et constitué pour l'essentiel de répliques courtes entre les personnages, le roman respecte les façons de parler populaires et les expressions argotiques des héros qu'il met en scène. Steinbeck fait donc œuvre de linguiste : il retranscrit avec minutie la langue orale de ces hommes du peuple. Leurs dialogues permettent au lecteur de suivre pas à pas leur vie. Ils contribuent à instaurer un effet de réel et sont l'expression exacte de leurs peines, de leurs angoisses, de leur dure vie.

Si Steinbeck ne détaille pas toutes les pensées et la psychologie de ses personnages, leur être intime se révèle dans le langage propre aux ranches de la vallée de la Salinas dans les années 1930 :

> « J'ai vu des centaines d'hommes passer sur les routes et dans les ranches, avec leur balluchon sur le dos et les mêmes bobards dans la tête. J'en ai vu des centaines. Ils viennent, et, le travail fini, ils s'en vont ; et chacun d'eux a son petit lopin de terre dans la tête. Mais y en a pas un qu'est foutu de le trouver. C'est comme le paradis. [...] Personne n'va jamais au ciel, et personne n'arrive jamais à avoir de la terre. C'est tout dans leur tête. Ils passent leur temps à en parler, mais c'est tout dans leur tête. » (p. 127)

Les répétitions (« dans leur tête », « terre », « centaines ») ajoutent au caractère illusoire de la vie de ces travailleurs condamnés à être une main-d'œuvre bon marché et itinérante, notamment dans cette période de crise économique. Ils ruminent les mêmes idées noires ou les mêmes espoirs. Par cette insatisfaction, ils sont unis.

Chacun essaie d'attirer l'attention sur lui, a soif de dignité, aspire à une existence meilleure. Qu'il s'agisse de George et Lennie, du vieux Candy, sur le point d'être mis à la porte parce que devenu inutile, ou du palefrenier noir, tous espèrent un avenir meilleur. Réduits à transporter des sacs d'orge sans avoir de toit à eux ni le droit de dire tout haut ce qu'ils pensent, ces hommes souffrent comme des bêtes de somme et seuls les dialogues permettent d'entrevoir cette détresse.

Steinbeck ne sépare donc pas l'individuel et le collectif, la grande et la petite histoire. Il appréhende ses personnages dans un contexte précis et en situation. Il n'écrit pas un roman à thèse, mais resserre l'action sur une petite communauté emblématique dont la parole prend une valeur symbolique.

UN ROMAN POUR LA SCÈNE

Cette importance donnée aux actions et aux dialogues rapproche inévitablement cette œuvre de la forme théâtrale. Plutôt qu'une grande fresque telle que *Les Raisins de la colère*, Steinbeck propose un roman plus intimiste avec *Des souris et des hommes*. Il définit cette œuvre comme une *play-novelette* (un court roman qui applique certaines règles du texte de théâtre), chaque partie étant construite comme un acte d'une pièce de théâtre : « Pour formuler les choses plus simplement, *Des souris et des hommes* a essayé de montrer qu'il était possible d'écrire un roman pouvant s'adapter à la scène, ou une pièce de théâtre pouvant se lire sans être jouée. » (Steinbeck (John), *Un Artiste engagé*, p. 101)

Steinbeck entend écrire un texte directement accessible, même à ceux qui ne sont pas familiers du monde du théâtre. Et en effet, le roman se passe dans un lieu et un temps précis et resserrés comme dans une pièce classique, tandis que la narration, très limitée, peut être considérée comme les didascalies du texte théâtral.

De fait, l'œuvre a été souvent adaptée au théâtre (voir <u>La réception du roman Des souris et des hommes</u>), portée par ce mode d'expression unique où le contraste entre les descriptions poétiques et les dialogues s'accommodent parfaitement des nécessités du genre dramatique.

LA RÉCEPTION DU ROMAN *DES SOURIS ET DES HOMMES*

DU ROMAN À L'ART DRAMATIQUE

Le roman est unanimement reconnu dès sa publication. Très vite, l'auteur l'adapte au théâtre. Dès 1937, une version théâtrale est produite au *Music Box Theatre* de Broadway, avec Wallace Ford (acteur américain, 1898-1966) en George et Broderick Crawford (acteur américain, 1911-1986) qui incarne Lennie. Steinbeck reçoit le *New York Drama Critics Award* pour sa pièce.

Des souris et des hommes devient vite un classique dans le répertoire dramatique et les metteurs en scène n'hésitent pas à s'approprier le roman pour la scène :

- en 1970, Carlisle Floyd (compositeur d'opéras américain, né en 1926) écrit le livret d'un opéra en trois actes, où apparaît le personnage du *ballad singer* (chanteur de ballades ou de

poèmes qui généralement racontent une histoire simple, mais emblématique d'une réalité sociale) ;
- en 1974, le *Brooks Atkinson Theatre* de Broadway fait jouer Kevin Conway (acteur et réalisateur américain, né en 1942) et James Earl Jones (acteur américain, né en 1931) dans les rôles de George et Lennie ;
- en 1980, la *Steppenwolf Theatre Company* produit une adaptation théâtrale avec John Malkovich (acteur, producteur et réalisateur américain, né en 1953) et Gary Sinise (acteur et réalisateur américain, né en 1955) ;
- le Théâtre 14 Jean-Marie Serreau, à Paris, adapte le roman en 2012.

LE ROMAN ET LE SEPTIÈME ART

Les réalisateurs s'emparent également du chef-d'œuvre de Steinbeck, et ce à toutes les époques, ce qui souligne bien son caractère intemporel, malgré un contexte narratif bien défini :

- en 1939, deux ans seulement après la publication du roman, une adaptation au cinéma est réalisée par Lewis Milestone (réalisateur, scénariste et acteur américain, 1895-1980), avec Burgess Meredith (acteur américain, 1907-1997) et Lon Chaney Jr. (acteur américain, 1906-1973) dans les rôles principaux ;

- en 1971, à Montréal, Paul Blouin donne une adaptation télévisuelle avec Jacques Godin (acteur québécois, né en 1930), Hubert Loiselle (acteur québécois, 1932-2004) et Luce Guilbeault (actrice et réalisatrice québécoise, 1935-1991) ;
- en 1981, aux États-Unis, le roman donne lieu à une adaptation à la télévision, dirigée par Reza Badiyi (réalisateur irano-américain, 1929-2011), avec Randy Quaid (producteur et acteur américain, né en 1950) qui incarne George, Robert Blake (acteur américain, né en 1933) en Lennie et Ted Neeley (acteur et compositeur américain, né en 1943) dans le rôle de Curley ;
- en 1992, Gary Sinise (acteur et réalisateur américain, né en 1955) met en scène John Malkovich dans le rôle de Lennie, tandis qu'il tient lui-même le rôle de George.

Il semblerait donc que le roman de Steinbeck ne connaisse pas de frontière artistique. La prouesse littéraire que revendiquait l'auteur, en voulant faire de ce livre une œuvre qui ne soit pas cloisonnée dans un genre unique, est une réussite incontestable.

UNE POSTÉRITÉ ENTRE ADMIRATION ET POLÉMIQUE

En France, l'écrivain Joseph Kessel (1898-1979) a salué, dans une préface au roman, le talent de Steinbeck :

> « Et quand, sur la berge sablonneuse de la Salinas dormante, se défait par un sacrifice atroce et magnifique, l'aventure de Lennie [...], une admiration profonde et stupéfaite se lève pour l'auteur qui, en si peu de pages, avec des mots si simples et sans rien expliquer, a fait vivre si loin, si profondément et si fort. » (p. 8)

Récemment dans la ville de Cœur d'Alene, dans l'Idaho, une polémique s'est toutefois créée autour du roman de John Steinbeck. Des parents d'élèves ont jugé que le livre n'avait pas sa place dans la liste des ouvrages étudiés en première année, dans le programme de la classe d'anglais. Le conseil scolaire a maintenu le titre, mais les discussions ont été vives. Le roman a été jugé de mauvaise qualité en raison de son langage familier. Par ailleurs, l'ouvrage, qui s'intéresse à la période de la Grande Dépression aux États-Unis, après la crise de 1929, a été jugé trop sombre et trop négatif.

*Votre avis nous intéresse !
Laissez un commentaire sur le site de votre
librairie en ligne et partagez vos coups de cœur sur
les réseaux sociaux !*

BIBLIOGRAPHIE

SOURCES BIBLIOGRAPHIQUES

- BURNS (Robert), « *To A Mouse, On Turning Her Up In Her Nest With The Plough* », in *robertburns. org*, consulté le 21 décembre 2017. http://www. robertburns.org/works/75.shtml

- HAYASHI (Tetsumaro), *John Steinbeck. The Years of Greatness, 1936-1939*, Tuscaloosa and London, University of Alabama Press, 1993.

- LEMARDELEY-CUNCI (Marie-Christine), Des souris et des hommes *de John Steinbeck*, Paris, Gallimard, coll. « Foliothèque », 1998.

- LEMARDELEY (Marie-Christine), *John Steinbeck. L'Éden perdu*, Paris, Belin, 2000.

- STEINBECK (John), *Des souris et des hommes*, Paris, Gallimard, coll. « Folio », 1972.

- STEINBECK (John), Préface de *Tortilla Flat*, Paris, Éditions France Loisirs, 2009.

- STEINBECK (John), *Un Artiste engagé*, Paris, Gallimard, 2003.

- TERKEL (Studs), *Hard Times. Histoires orales de la Grande Dépression*, Paris, Éditions Amsterdam, 2011.

- ZINN (Howard), *Une Histoire populaire des États-Unis. De 1492 à nos jours*, Marseille, Agone, 2002.

SOURCES COMPLÉMENTAIRES

- LAGAYETTE (Pierre), *Histoire de la littérature américaine*, Paris, Hachette, 2008.

- PÉTILLON (Pierre-Yves), *Histoire de la littérature américaine : 1939-1989*, Paris, Fayard, 2003.

- POUVELLE (Jean) et DEMARCHE (Jean-Pierre), *Guide de la littérature américaine des origines à nos jours*, Paris, Ellipses, 2008.

ADAPTATIONS CINÉMATOGRAPHIQUES

- *Des souris et des hommes*, film de Lewis Milestone, avec Burgess Meredith (George), Betty Field (la femme de Curley), Lon Chaney Jr. (Lennie), États-Unis, 1939.

- *Des souris et des hommes*, film de Gary Sinise, avec John Malkovich (Lennie), Gary Sinise (George) et Casey Siemaszko (Curley), États-Unis, 1992.

SOURCES ICONOGRAPHIQUES

- Portrait de John Steinbeck, 1962. La photo reproduite est réputée libre de droits.

- Affiche du film *Of Mice and Men* de Lewis
  Milestone, 1939. La photo reproduite est réputée
  libre de droits.

Éditeur responsable : Lemaitre Publishing
Avenue de la Couronne 159 | BE-1050 Bruxelles
info@lemaitre-editions.com

ISBN ebook : 978-2-8062-7566-0
ISBN papier : 978-2-8062-7567-7
Dépôt légal : D/2017/12603/339
Couverture : © Lisiane Detaille.

Conception numérique : Primento,
le partenaire numérique des éditeurs.